バルトと蕎麦の花

阪田寛夫

一麦出版社

バルトと蕎麦の花

阪田寛夫

一麦出版社

写真提供　内藤啓子

列車は雪野原に出て速度を緩めた。あと三分で駅に着く。右手に胚芽を取った米粒の形をした小山が見えてきた。見慣れた山が、今朝は高山の一角のように鋭く輝いている。

三十分前までの車窓の風景は、東京の郊外で見かける雪降りの日のそれと大して違いはなかった。畠や空地に僅かに積った雪が、人と車の猛威を逃れて、辛うじて消え残っている感じであった。ところが列車が方向を北に転じ、渓谷沿いに峠を登り始めると、突然積り方が変った。分水嶺を越すと、関係が逆転した。こちら側は、雪の方が人間を圧えていた。道も屋根も畠も森も、あるがままに抑えつくして音もない。もっとも、雪の中のクリスマスを味わいたくてやって来た私にはこれこそ満足すべき状態で、こうではなくては困るわけだった。

　スキーをかついだ若者が十人余り降りたのに続いて、凍ったプラットフォームをゆっくり爪先立って歩いて改札を出た。待合所のそば屋はまだ店を開けていない。自動販売機の熱いコーヒーと売店のふかし饅頭を朝飯代りに食べた。その間中、上り普通列車を待つ町の女のひとたちが、さっきすれ違いに出たばかりの上り特急に乗って行ったスキー帰りの一行の一人は、テレビに出てくる喜劇俳優ではなかったかと取沙汰していた。まだ教会のクリスマス礼拝が始まるまでに一時間半近くある。スキー客を乗せたバスが出ていくと、ふだんの寂しい駅に戻った。駅前広場に面して一軒だけある喫茶店も閉っている。ここが活気づくのは夏場の一カ月だけらしい。今朝は見えないが、高原を北に向かう線路の左手、標高二千メートルの死火山の中腹に近頃スキー場ができて、ペンションが建った。線路をはさんで右側の山裾には湖がある。十年ほど前から、湖畔の山小屋に仕事をしに来ているが、ある夏思い立って町の教会の日曜礼拝に出席して、あから顔の小柄な牧師のふしぎな訛りのある説教を聞き、なぜかその日いちにち元気にすごせて以来、時たま炎天下を一時間歩いて説教を聞きに行くようになった。バスに乗って行く方が少しは早いが、乗り場まで歩くのに三十分はかかる。自転車だと往きも帰りも一山越えるのが心臓にこたえる。いずれにしても楽ではないが、それでも魅きつけられるものがあって、月に一度が、二度三度とふえ、ここ二年ほどは、夏や秋に山小屋に来ている限り教会を休むことが珍しくなった。もちろん東京ではそんなことをしていない。

駅から教会までは、雪の中でも歩いて二十五分とはかからないだろう。線路と直角の方向にのびる商店街は、やがて昔の北国街道に出くわす。それを横切って、町営のリフトのある草山の方に向う細い道から、更に昔の畦道を二十メートルばかり入ったところに、夏なら緑のとがったトタン屋根が、草山と光る雲を背景に、「大草原の小さな家」風にかたちよくやすらう教会堂がある。このあたりは、今でも道沿いの家並みの裏がすぐ畠だから、三十年前に建てられた頃は、本当にL・I・ワイルダーの作中のアメリカ中西部の家さながらだったに違いない。
前庭に白樺が三、四本。会堂の脇に、二階建ての牧師館。ここに小柄な訥弁ながら能弁の牧師が、同じく小柄だが口数の少い夫人と、母親似の色白の男の子と三人で住んでいる。赴任して十年近くになる。

移り来し家は室数多くして親子三人住むには広し

室数は、へやかずと読むのだろう。短歌を作る牧師が、山向うの東の県から来て間もなくの歌だ。文字や言葉づかいに拘泥しない人が歌を詠むのはふしぎな気もするが、季節の便りの終りに何首か粗々しく書き添えられてくるものを読みつけると、そのゆえに却って親しみをもって味わえるようになった。牧師の話言葉にも、土地のものでない縄文風とでもいうか、何か根源的な訛りがあって、これも聞き馴れると、もしかするとキリストの言動を述べ伝えるのに、一番ふさわしい言葉ではないかとさえ思われてきた。

キリスト教について、こんな口はばったいことを言う資格は私には無い。死んだ両親が熱心な信者であったというだけで、私がよく知っているのは讃美歌のふしや、葬式の手順、牧師と神父の違い、プロテスタントとカトリックの礼拝の様式の差、といったことだ。それらは風俗で、信仰ではない。ユズルさんという名前のこの牧師は、もちろんプロテスタントだが、彼の説教を聞いてなぜ元気が出るのか、理由を考えるためには、私はキリストそのものを知らなさすぎた。キリストだか神だかを信じる人は敬虔で、信じないのは不真面目、と思っていた程度だ。だからユズル牧師が日曜朝ごとに少し短かめの舌で、小さな言い間違いや聖書の誤読をほとんど気にもせず、時には無意識に体のあちこちを引掻いたりしながら、真赤な顔で短い時間に言い切る説教を、その切り口の輝きに目をみはるだけでなく、何を教わったかあとで辿って理解し直すのは極めてむずかしいのだ。

それでいて、いい話を聞いて、元気になった、という力や張りだけ、はっきり体に残る。

この、ふしぎな「元気の素」を尋ねようと思い始めてから、もう何年にもなる。毎週集る十人から多くて十五人の信者は殆どがこの町に住む主婦で、七十歳を越えた人も数名いるが、私から見ると、どの一人も鹿が谷川の水を飲むように、牧師の説教を受けいれて活力を得ている。時たま礼拝のあと、漬物と駄菓子でお茶を飲むことがあって、そんな時は朗らか、かつ穏やかに天候や農作業や食物について話している人々が、礼拝の司会者として祈ったり、献金の感謝の祈りをすると、その日の牧師の説教の主題を、即興の祈りの自分の言葉の中に手で摑むように採り入れる。その力の深みは、驚くばかりで、私はそのたび敬畏のあまり、思わず目をあけて顔を見たくなる。

受け手の器が逆に牧師を輝かせる面もあるだろうが、一方フェミニストであるためには、世辞が言えず、滑らかに口がまわらず、動作、姿かたちも流麗という状態から遠きにすぎる牧師は、なおその上に彼女らへの日頃の訓練もきびしいらしく、礼拝中、引用する聖書の該当箇所をひらくのに手間どる人がいると、

「毎日読まないから、こういう時まごつくことになる」

などと、遠慮なく叱ったりする。そんな時は私も、

「マータイ、マコ、ルカ、ヨハネ伝
使徒、ロマ、コリント前後書……」

と、鉄道唱歌のふしをつけた、昔の聖書の順番早覚え歌を口の中で大あわてに唱えながら、冷汗をかくのであった。

こうして年々、元気の素を探すのが、いつのまにか私の宿題になった。雪の中のクリスマスに出かけてきたのも、その一環だと言えなくはなかった。


駅にいてはなかなか時間が経たない。ともかく教会へ向うことにした。

バスの通る商店街は真中だけ大ざっぱに除雪してあるが、端の方は雪が凍って滑り易い。外套の代りに防寒ジャンパーを着てきたお蔭で、身軽に足を運ぶことができたのはよかった。裏路地などは一メートルを越すほど積っており、そんなところも、人ひとりが歩ける幅だけ踏み固めてあった。いま九時半に近いが、人通りはなく、店も閉ったままだ。曇り空を背景に、ところどころ屋根の上に人が立っているのが黒く見える。これから雪下ろしにかかるところらしい。

湯気の出ている二軒目の店を過ぎて気がついたが、ふしぎに理髪店だけが開業していた。最初の店は表のガラス戸が曇って、おまけに雪に埋もれて、砂糖菓子のように見えた。それは部屋を暖めていたせいだと、こんどの店の煙突から出る湯気で分った。呉服と雑貨の店のショーウィンドーに、逆立った自分の白髪が映ったのを見てから、三軒目の床屋をみつけた。もう北国街道がそこに見えている店だった。

五分か十分で、このぼうぼう頭を撫でつけて貰えないかと頼むと、初老の主人は、手を貸して防寒ジャンパーを脱がせて、ハンガーに掛けてくれた。靴は入口でぬいで、床に敷いた新聞紙の上に置いた。

鏡の前に坐って雪の降り工合を訊ねた。今年はいつにない大雪だ。しかし、二月になったらこんなものじゃない。大儀だが明日の休みは雪下ろしだとゆっくり答えながら、主人は蒸しタオルで私の固い白髪を何度もしめらせた。そういえば牧師の歌にも、屋根から下ろした雪を片づけようと登ってみたら、台所の窓より自分の足もとの方が高かった、というのがあった。あと四十分で礼拝が始まる。撫でつけるだけでは無理だと思ったか、主人は鋏を使いだした。散髪がすむと、黙って椅子の背を倒し、顔を剃り始めた。そこへ客が来た。主人と同年配の老人だ。

「雪下ろした?」

これが季節の挨拶らしい。

「いや」

と客。

「うちはもう、一回下ろした」

そのあと、客が変なことを言った。

「三回したよ」

つまり、自分は体が悪いからしていない。だが自分の家では、若い者が三回やっているんだ、ということだった。この歳では無理な重労働なのだろう。


都会育ちの汝の妻も良く耐えて四人の子供産みて育てぬ

この土地へ来て、最初の長い長い冬からやっと解き放たれた時に、牧師が詠んだ歌だ。「汝」とは、この教会を創めて、二十年近く守り育てた初代の牧師を指す。はじめ五、六年は牧師館もなくて、寒い教会堂の中で子供を育てた。東京生れの夫人はさぞ苦労したことだろう、辛かったろうと思いやっている。ユズル牧師も、その奥さんも雪の積らない太平洋側の人間だから、そうでなくても気がふさぎ勝ちな、病身の自分の妻を念頭に置いて、励ますように、祈るようにうたったと思われる。

目裏《まな》に去年《こぞ》見し片栗の花をうかべ吹雪ける窓に額《ぬか》つけて見ぬ

こんな歌が書けるようになるまでに、伝道所に来て足かけ三年かかっている。「パン買うを頼まれ家を出で来しが」と、のんきな調子なのもある。道がなくて、雪を片づけるうちに、まあ一時間も経ってしまったよ、というのだ。また同じ頃の冬の歌。——

雪の上につきたる我の足あとに踵ひきずる癖あるを知る

床屋がドライヤーの熱風を髪に当て始めた。

「あと何分かかりますか」

「十分です」

十分経つと礼拝が始まる。急いで貰って金を払い、一苦労して防寒ジャンパーに腕を通し、半乾きで小さくなった靴をはき、滑らぬよう一層気をつけて街道の信号を渡り、急に雪が深まった道を伝道所の方へ急いだ。教会へ曲る辻のあたりに、自動車が二、三台とめてある。細道に折れると、ピンクのアノラックに毛糸編みの帽子をかぶった女のひとが、小型の橇のような、ちりとりの親玉のようなものを押して、人がひとり通れるほどの雪道を掻き均らしている。両側は肩の高さほどの雪の壁だ。夏場は、このあたりから蕎麦畑がいちめんに続く。雪かきの人が道を譲ってくれて、挨拶をしたら六十すぎの顔見知りの奥さんだった。


家の前に蕎麦の畑あり夕べ行けば花あかりせり幽かにゆれて

この辺の農家では年に二度、蕎麦の花を咲かせる。満月の夜に見ると白く浮き上っていいものだと教えてくれたのも、ユズル牧師だ。

白き蝶蕎麦の畑に湧き出でて白き花群に又紛れ入る

月夜に教会まで出かける甲斐性がなくて、まだその光景を見る機会に恵まれない。牧師はまめな人で、はだしに踵を踏みつぶしたズック靴をつっかけたまま、スクーターをとばして、よく山小屋へ遊びに来た。土曜の朝なのに、

「もう説教出来ちゃった」

と笑って入ってくることもある。ひどい煙草のみで、咳きこんで咽喉の奥や胸の鳴る音が聞えるほどなのに、話している間中はたて続けに吸って、二回に一度はその煙草の箱やライターを忘れて帰る。私の小屋は山道から、更に赤土の急傾斜にかたちばかりの刻みを入れたり、石を埋めたりした坂を登らなくてはならず、

雨降りの日は、帰り際が特に危い。ズック靴だからよけい滑り易く、

「気をつけて」

と言うより先に転ぶことがあった。ところが、ある日、茸とりに来合わせた町方の知らない奥さんが見て、

「あのひと、アル中じゃないかね」

と言った。何年か前の話だ。どこからそんな考えが出たのか、これには驚いた。コップ一杯のビールを飲むだけで真赤になって寝てしまう牧師が、アルコール中毒にかかるわけがない。こちらが明るくて健康そのものと思いこんでいた人物のなかに、翳のようなものを焙り出さずにはおかない目が、その時はうとましかった。

ユズル牧師の父親はハジメさんという。キリスト教とは全く縁がない。利根川

べりに代々住む小作農で、筋金入りの篤農家だった。彼はまた十七歳の年から短歌を書き始めて、終生この道に精進を続けた。晩年は大きな同人誌の選者の一人だったが、最後まで素手で田を耕し続けた。ユズル牧師の短歌は、その血筋を引いている。ハジメさんには歌集が二冊ある。

摺り減りて清らになりし指先に縄の乾きは編みつつ痛し

日が暮れてもなお鍬を振い、疲れ切ってから夜なべの縄綯いや、俵編みにかかる。そんな毎日のなかの歌だ。除草剤も耕運機もなく、牛一頭だけが「動力」で、夜明け前から深夜まで手足を責めて働かねばならなかった時代の、最後の百姓だったと言ってよいだろう。

夕方は疲労たたまり麦扱機《こきき》踏みてをりつつ悪寒《さむけ》するなり

汗の匂いと過労の中で、歌は信仰でさえあったと、五十歳で漸く出した第一歌集にハジメさんが書いているのが、誇張とは思われない。十八歳で結婚した時から、作業衣の胸ポケットに、ボタン穴とボタンをつけさせられたと、雑誌の追悼号にその妻、つまりユズル牧師のお母さんが書いている。思いついたらいつでも歌を書きとめられるように、そこが手帳入れになった。ボタンをつけるのは、かがんで耕したり、草を抜く時に落とさぬ用心である。彼の題材は百姓生活そのものだから、家族もしばしば点景に登場する。一番多く出てくるのは、当然ながら妻と、長生きをした母で、その次は力惜しまず働く長男だ。女・女・男・男・女の順に、五人の子持ちだが、逆に、歌集の中に一番登場しないのが、意外にも次男のユズルだった。幼い時から兄は父にとっての喜びだったのに、ユズルはそうではなかったらしい。この息子のことを父が詠んだのは、私の見る限り、ただ一首、

神に祈り心足る人草刈りて心澄む人それぞれにして

これも晩年、ユズルが牧師になってからの感懐であった。

少年時代のユズルは、父を喜ばせられないばかりか、自他にきびしい丸坊主頭の父から、特別に叱られる子供だった。よく晴れた秋の午後、国鉄を私鉄に乗り継いで私が訪ねたユズル牧師の長姉の話によると、この子は叱責の種をあまりにたくさん体中にくっつけているもので、小学生時代は父に何か言われるより先に、眼が真赤になってしまった。服装からして、まず十中八九、ボタンをかけ違えている。半ズボンが膝の下までずれている。顔には涙のあとが、八の字にくっきり付いたままだ。これでは父でなくても、どこから先に叱ってよいか迷うほどだった。

利根川べりの生家の近くの、村の名家から望まれて嫁いだ長姉は、早く夫を亡くしたが、女手で子供たちを育て上げた今も、和裁の仕事を続けている。弟の牧師の評価では、器用で根気強く、面倒見がよく、その道でも名手で聞えている人だという。その日も、高価な仕立物の手を置いて、話してくれたのだ。

姉の回想を続ける。

母は姑のもとで農家の妻の仕事の上に、縫物の賃仕事を山ほど抱えて、とても手が廻らない。長姉ひとりがこの子を庇って、ボタンなどは朝の忙しい時でも、気がついたら摑まえて直してやった。だが一度出かけると、帰りにはきっとかけ違えて戻ってくる。

「またァ?」

と言いたくなる。ズボンも、劣らずだらしがない。ベルトの穴に釘を入れられないから、すぐにずれてしまう。引き上げ引き上げ歩いているのを見ると、溜息が出る。字を書かせても、ただの下手ではない。下手が不注意と、どこか深いところで組み合わせられていて、手のつけようがない。小学校の答案用紙に名前を書き忘れるのはユズルにきまっていたが、特別汚い字だから署名の必要もないほどだった。

「ユズルなんて何でつけたの」

と親に訴えたくなるほど、この名を漢字で書かせると、ひどいことになった。

生まれてすぐ軽い小児麻痺にかかったせいで、――と、もっと意外な言葉が長姉の口から出てきた。――ユズルは満二歳六カ月まで歩けなかった。いつまでも歩いてくれない重い子を背負わされた子守役の長姉は、苦労しただけに情が移っているのだった。ところが姉以外のきょうだいは、この次男を甘やかさない。それも当然で、せがまれて兄が釣に連れて行っても、自分が釣れないだけではなく、ウキをなくしたり、糸をどこかに引っかけて大騒ぎが始まって、川も岸もひとりでかきまわす。とても釣にならないから、あっちへ行けと叱りとばされる。そばに来られては遊びも仕事も台無しになるから、女きょうだいからも追い払われてしまう。学校の友達もその点は同じだろう。当然毎日いじめられて泣いて帰る。涙の絶え間がないわけだ。

母が子供らに新しい「かいまき」を作る。ユズルのは朝になるとなぜか裏返しになっていて、すぐ破れた。祖母が足袋を作っても、一番先に穴があくのはユズル、ズボンのつぎも兄のと同時につくろっても奇妙にユズルのだけが破れた。それでいて弱虫で、三つ年下の妹の前でも、遊びにせよ勉強にせよ兄貴らしく秀でるということがない。父はそんなユズルも別扱いはしない。野良仕事を手伝わせても、他の子と同じ尺度で完璧を求めて叱った。ユズル牧師自身、昔は家に戻って父の丸刈頭が見えると、気持が暗くなったと言っている。それほど叱られた。

実際に、父は恐ろしい一面を持った人ではあったのだろう。しっかり者の姉でさえ、父からだしぬけに「三日前の大豆畠の土寄せの時、芽の上にこんな大きな土の玉をころがして平気な顔をしていた」などと言い出されて、閉口することがあった。牧師は短歌雑誌に、父の性格が一番よく出ているものとして、次の一首を引用している。

口惜しき事を心に思ひつつ今日の草取りはかどりにけり

そんな時の父は、一目で分った、と書いてある。青ずんだ殺気のようなものが腹の底から立昇っていて、本当にこわかったという。

姉の目から見ていると、ユズルはまるで小さな草食動物で、父の言葉に撃たれると、身動きができなくなるのだった。よくは分らないが、この子をあんなに叱っちゃいけないんだけれど、と長姉はいつも考えていた。泣いている顔しか見たことのない弟だが、ほんの時たま見せる笑顔は実に邪気がない。ある日学校から珍しく元気に走って戻ってきて、今日は小運動会だったんだ、と言う。

「何等？」

と聞くと、

「四等」

と答える。

「えらいね、何人で走ったの」

「四人だよ」

そう言って笑った。少しも悪びれず、春先の縁側から吹きこむ菜の花の匂いのような、すぐに消えてしまってはかない一瞬だけれども、こんないい笑いは赤ん坊の他に見たことがないと思った。

ユズルは家でみんなから「駄目だ」と極めつけられて泣く分を、学校でおどけて発散させているらしかった。戦後、父が小学校へ出かけて、父兄有志に短歌の指導をするようになって、それが分ってまた叱られた。だから家では、食事が済んでみんなの団欒の最中にでも、すぐ立って外へ遊びに駆け出してしまう子だった。小児麻痺は直ったのに、足許がいつまでも覚束なく、とび出す拍子に火鉢にぶつかって前歯を欠いたこともあった。

雪の壁の間の小径を辿って教会の正面に出たら、オルガンの前奏曲が鳴り出した。ガラス戸に、柊の葉に赤い実をあしらった輪飾りが吊してある。県庁のある遠い町に住む奥さんが何年前からかこの教会に来て、足踏みオルガンを本格的に弾くようになった。それまではごく略式に、讃美歌をうたう時、だれか器用なひとが旋律だけを鳴らしていたのだ。

手早く、しかし音を立てぬように、靴をスリッパに履きかえ、もう一つ扉をあけて、石油ストーブでよく暖まった会堂に入った。正面の壇の椅子の上に、背広にネクタイの牧師が、硬ばった体つきで腰かけている。小机にのせた週報を一枚取って、うしろの席に腰かけた。いつもは半截の藁半紙に、礼拝の次第や予告などをガリ版で刷るのが、今日は奢ってポインセチアと柊と聖書を組合わせた、出来合いの色刷り表紙を使い、二つ折り式に刷ってある。

見渡したところ、ざっと三十人近い出席者がある。常連の婦人たちが連れて来た子供や孫、それにふだんは顔を見せない主人が来ている家もあるようだ。

講壇の右わきに、飾りをつけたクリスマス・ツリー。畠側の窓ごとに、ステンド・グラス風というか、イラスト漫画風というべきか、透明な紙の小さな貼絵が、画鋲でとめられていた。屋根から下ろしたままの雪が、ところどころその窓がまちより高く盛上っている。正面の、牧師のうしろの板壁にも、ラクダに乗った三角帽子の三人の博士のかげ絵。こちらはすこし稚いところもあるから、中学一年になる牧師の男の子が作ったのかも知れない。おとなしいその子も、今朝はお母さんと並んで腰かけている。散髪したての後ろ頭と、細くて白い頸筋が見える。

いつだったか、牧師が新制中学時代の自分をモデルに書いた、六枚ほどの掌編小説を見せてくれたことがある。主人公は中学三年生の「図書委員」で、受験勉強もせず毎日図書室に居残って図書の整備に身を入れている。それほど本が好きなのだが、一つには図書係の先生が、初産をすませたばかりの綺麗なひとで、そばに行くと化粧と乳の匂いがするのが嬉しいからで、その上、戦争中に東京から疎開してこの村に来た、色白の一年生女子の図書委員のことを、好きになっていた。この子は学校でピアノを習っている。下級生の女生徒に分類のラベル貼りを手伝わせながら、彼は音楽室から繰返して聞えてくる「エリーゼのために」に、耳をすましている。

やがて練習を終えて白い頬を上気させて入って来た女の子が、彼の隣に腰かけて、借り出しカードをさしこむポケットを、裏表紙裏に貼り付ける仕事を始める。その時彼が落した鉛筆が、女の子の方に転がっていった。急いで拾おうとした彼の顔が、先に拾い上げてくれた彼女の頭にぶつかりそうになり、彼は生ぐさいような髪の毛の匂いを嗅いだ。

作業を終え、麦畠の間の近道を抜けて彼は家に向う。まだ落ちていない六月の夕日が、熟れた麦畠を色濃く染めていた。風が動いて、彼は、胸がしめつけられるような匂いを嗅ぐ。それはさっきの髪の毛の匂いに似ていた。――「熟れ麦のにおい」が、この掌編の題だった。

もう一つ、その続編の「白い月」というのも読んだ。六時近くに家に戻った彼は、遅いね、と咎める母に「何かない、腹へった」とねだって、じゃが芋の煮たのを貰う。

「それを食べてしまったら、飼葉を切っておかないと、また叱られるよ」

母に言われて、作業衣に着更えて牛小屋へ行くが、気が重い。稲藁を押切りで二、三センチに切って小糠をまぶしたのが牛の餌で、一日分の藁を切るのに大汗かいて四十分はかかる。それが中学に入って父から課せられた日課だが、三年生になって帰宅が遅くなると、母や兄が代りに切る日が多くなった。もちろん兄はいい顔をしない。やっと一日分切り終えたところへ、牛車の音がして父と兄が小麦を山ほど積んで戻って来た。

「これを下ろしてもう一度畠に行くから、一緒に来い」

いきなり父に命じられる。

「明日雨になるかも知れないから、刈った分だけ運んでおかねば」

悲しくなったが、父の命令にはさからえない。仕方なく空の牛車に乗って砂利道を畠に向ったところで、細い三日月が空に浮ぶのをみつけた。父は師である「吉植庄亮先生」の歌を、低く朗詠し始める。

三日月の光ほのかに傾きて闇うつくしき若竹のかげ

彼の方は、最近覚えた「白い月がういていた」というラジオ歌謡をうたいだす。二番は「白い花が咲いていた」で始まる。そこへくると、一年生のあの女の子の白い顔がひとりでに思い出された。――右の歌は、昭和二十五年に放送された「白い花の咲くころ」のことだろう。歌詞の細部が違っている。「作者」の思いこみの強さのせいか。

現実のユズルが、本当に美しいと思うものに初めて出逢ったのは、この少し前の、中学二年生の春だった。

牧師自身の話によれば、二年生の一学期初め、多分土曜日のよく晴れた昼すぎに、ふしぎな経験をした。昼飯を食べて居間の裏手の縁側に寝ころんでいて、ぼんやり目を上げた遥か先の、まだ葉がない筈のけやきのてっぺん、細枝が交錯するあたりで、晴れた空の色が変っている気がした。草を焼く煙がその辺に漂っているのか、それとも枝が濡れて光っているせいか、目を細めて梢に焦点をあてて確かめてみた。どちらでもなかった。ちょうどいま、けやきの芽吹きはじめの瞬間なのだった。

裏の家の畠との境、「山」と呼んでいた竹やぶと雑木の防風林が尽きたところから、一抱えはあるけやきが四本、間隔を置いて並んでいる。寝ころんだ目から見上げる、そのけやきの入り組んだ大枝と天との間をさえぎる網状の細枝に、黄緑色の気配が顕《た》ってきて、気配がいま形をとりかけている。「こんなきれいなものが世の中にあったのか」と、息がつまった。

これまで木なんかに注意を払ったことはない。自分のことに精一杯で、とても木や草にまで、きれいだの何だのと、好意をもって眺めたりできなかった。春先など、麦の緑が目がさめるようだと思ったことはあるが、田畑の作物は、父の叱責の声がうしろに重なっていて、茄子や南瓜の大きいのをみると、嵩にかかって睨まれている気分になった。

ところがけやきの芽吹きは、そういうことと全く関係なしに空を彩りはじめていた。今も、これまでも、あの高みで誰からも見られず、見られるつもりもなく、ずっと春ごとに、あんなに美しく萌え出ていた。たぶんこれから先の先の春まで……。そう考えるだけで胸が痛いようで、寝ころんでおられなくなった。

この日のけやきの芽吹きが呼び水になって、ユズルは小さい頃から母屋の入口にあった芭蕉の、特に雨風の日の葉ずれの音も、春先の麦の青と共に、自分にとっていい感じのおとずれだったことを思い出した。学校の図書室の本を片端から読むようになったのはこの頃からだが、家に送られてくる短歌の同人誌をのぞいて、父の作品を初めて読んだのも、元をただせばけやきの芽吹きのせいだった。

歌詠み党たぢろぎて寝つラジオ党の子供らの夜なり演芸多し

ある日こっそり父のこの歌を、同人誌からみつけた時は、嘘ばかり！　あべこべじゃないか、と思った。茶の間にある真空管式ラジオが唯一の娯楽の源なのに、いい歌謡曲番組の時に限って、小さな文机に向っている父が、そんなものは消せと、「ラジオ党」のユズルを叱って追い払い、心の底からがっかりさせられる夜が多かった。しかし、何だか気取った、調子のいい言葉の枠の中に、そんな夜の自分たちの姿がはめこまれて極まっている感じが、ちょっと恥かしく、おかしくて、もう一度のぞいてみたい気持になった。

曇り日の黄昏近く棕梠の葉に雨より堅き音降り出でぬ

この歌では、ユズルが小さい時から出逢ったいい感じを、父も同じように感じていたのだと分った。嬉しくて、ひとりで顔が赤くなるほどだった。けやきの仲だちと加勢によって、こうして思いがけず父とも、短歌とも出逢うことになった。中学三年になると、自己流に書いた短歌を父に見せて直してもらいさえしている。働き者の兄は、中学を出ただけで百姓を継ぐことになって父を頼もしがらせたが、いずれは家を出る運命の次男のユズルは、読書好きに免じて父から高校進学を許された。姉の話では高校に入っても変らず不器用で、ペダルに片足かけてまたぐ自転車の「男乗り」ができず、父が買い与えた中古の扁平な婦人用に甘んじて五キロの道を通学した。キリスト教に出逢ったのが、その高校の聖書研究会に於てである。

以前誰かに聞いたことだが、ユズル牧師の教会の属している教団の規則では、在籍する信徒の数が少くて完全に自給することができないところは、教会ではなく伝道所と呼ぶ。ユズル牧師の教会の正式の名は伝道所だ。

　名前はどうでもいいけれども、驚くのは牧師の月給の安さだ。月末の日曜日には、週報を置く小机に、同じく半截の藁半紙に刷った会計報告が並べて置かれる。私は教会員でもないのに、勝手に取って読んでいる。牧師館があるとはいえ、五十歳前後で妻子のある牧師への謝礼が、大学出の会社員の初任給より安い。信者が献金を渋るからではなく、収入の部の詳しい内訳を見ると、大部分が主婦であるここの教会員の一人当りの献金額は、私の知っている都会の大教会より遙かに多い。しかし、どんなに努めても人数が少いから仕方がない。おまけに、ここでは牧師の副収入になる冠婚葬祭が無い。無い筈はないが、教会ではほとんど行われないのだった。

　カトリックは知らず、私の知っているプロテスタント教会では、牧師になる決意をすることは、「神の召命に応える」とか、「献身する」とか、極めて厳しい言葉で表現されてきた。私などは「献身」と聞くと、絶壁から身を投じる姿を想像するほどだ。初代の信徒たちや、江戸初期の神父や信徒のように、さかさはりつけや火あぶりで殺されぬまでも、牧師及びその夫人は富・名声・一切の快楽とは生涯無縁であり、また無縁であることを信徒から要求され、監視もされる。その代りに絶えず彼等を導き、慰さめ、励まし続けて、間違えずに天国に送り出す義務があるとみなされている。全く割に合わない仕事である。

この道にユズル牧師が踏みこんだのは、高校二年の時、聖書研究会に入ったことに始まる。以前、入会の動機を聞いてみたことがあったが、

「友人に誘われて」

とか、

「エキゾチックだったし、他に何もなかった頃だから」

という返事が戻っただけだった。それにしても、二年生で初めて聖書に接して、卒業後すぐ神学校に進学しているからには、僅か二年足らずの間に、教えに触れ、洗礼を受け、更に牧師になろうと決意するに至ったことになる。では「献身」の

動機は、と聞くと、またしても、

「煽ったやつがいるんでね、牧師になったらいい、と。大して考えずに入って、入ってから悩んだね」

であった。ユズルが通った教会の牧師——聖書研究会の指導者でもあった明治生れの人は、神学校入学の推薦をしてくれるにあたって、挨拶に行ったユズルの両親に、

「牧師にならないかと勧めて、一度で『はい』と言ってくれる人は珍しい」

と述懐したそうだ。よほど心が燃えていたに相違ない。

新約聖書のマルコ伝だったか、イエスが宣教を始めた時、湖で網を打っていた漁師ペテロとその弟は、

「我に従え」

と声をかけられると、直ちに網を捨ててイエスについて行ったと書いてある。

それきり死に至るまで、ペテロは一番がさつで、一途な弟子であり続けた。私に

は、そのことも、好もしく思い合わせられた。

ところが、長姉の話の先に、もう一つ、「献身」に関する挿話が出てきた。高校在学中に、友人に煽られたか、牧師に勧められたか、ユズルの大変な決心が、家族の中で明らかになった時、もともと何をさせても半人前の人間が何を馬鹿げたことを言いだすかと、叱るやら呆れるやら、全員が大反対を唱えた中で、意外にも一番先に意見を変えて同意したのが、父親だったというのだ。以下彼女の推理。

――そうでなくても信心ぎらいで、祟りだの運勢だのと言い立てるのを極度に嫌った父が、あれだけの頑固なひとが、なぜ一番に意見を変えたか。考えてみると、よくこれだけ違ったと感心したくなるほど、ユズルは姉である自分や他のきょうだいとは正反対にできている。手でやる仕事がまるで駄目で、頭だけ、口だけ。字はとびきりの下手、読むことだけは人の何倍も好き。これじゃとても、普通の職業はつとまらない。あの子が人なみに食べて行くには、本当に、牧師になるほかないかも知れない。行末を真剣に案じたあげく、そう思い直して、許したのではないか。……（この説を裏書きする挿話がある。時間が飛ぶが、ユズルの神学校時代に、伊豆大島の教会員たちの面前で、彼は神学校に入った動機を述べるのに、「父が、お前は体が弱くて食って行けないかも知れないが、牧師なら線が合ってやって行けるだろうと言ったから」と正直に告白して、一同を仰天させた。神の召命を受けて献身する人、と一般に考えられてきた聖職者には、とうていあるまじき言葉だったからだ。）

「なぜ牧師に？」と訊ねて、ここまでに貰えた幾つかの返事、もしくは証言とは、全く違った内容の答を、実は私はほんの三日ほど前に手紙で貰ったばかりだったが、それはまたのちに触れることにして、クリスマス礼拝に戻る。

週報の礼拝プログラムは、次のように始まっていた。

奏楽
招詞
讃詠
交読文
主の祈り
信仰告白
さんびか　八二
聖書　ルカ伝二章一節—一四節　司会者
いのり　司会者
さんびか　一〇二

そのあとに漸く「説教」が来る。若干の説明を加えると、讃詠、信仰告白、さんびか、これらはいずれも讃美歌集に載っている歌だ。歌だけは立ってうたう。

祈りの時は目をとじる。その他特別の約束はない。なお後半は次の通り。

説教　「地には平和」　牧師
いのり　牧師
さんびか　一一四
聖餐式
献金
感謝のいのり　礼拝当番
頌栄
祝禱　牧師

今日はクリスマスだから「聖餐式」があって、鳩がくわえて飛び立てるほどのパンきれと、一口の葡萄酒が配られる。大体どこのプロテスタント教会も似たようなプログラムだろう。

　いま、長老で、かつて教員であった婦人が、穏やかに聖書を読んでいる。初代の牧師を援けてこの地に伝道所を創めた一人である老婦人は、ローマの皇帝アウグストが全植民地の人口調査を命じたところから始めて、ヨセフが身重の妻マリアを伴ない、登録のために自分の本籍地ベツレヘムに旅立つくだり、あいにくどの家も客が一杯で、産気づいたマリアが、生まれた赤ん坊を布にくるんで、飼葉おけの中に寝かせたくだりを、読み進めていた。

　失礼して大急ぎで、今日の説教「地には平和」の要旨が週報に出ているのに目を通した。それは次の通りだ。

「主イエスが馬小屋でお生まれになった夜、同じベツレヘムの野に羊を守っている羊飼に、天使が歌います。

　いと高きところでは　神に栄光があるように
　地の上では　み心にかなう人々に　平和があるように

この歌によって、御子《みこ》の誕生が、この地上に平和が、もたらされました。この平和とは、神に対する平和（ロマ書五の一）であります。それは、私たち人間が神と和解することです。神に敵対している人間、これが罪ということですが、神の方から御子を送って和解の手をさしのべて下さった。これがクリスマスの秘義であります」

むずかしくて、後半をもう一度見直した。地には平和、という言葉自体は、五十年前、石油ではなく石炭ストーブが音立てて燃えた、むかしの教会の日曜学校のクリスマスにも出てきている。

その晩私たち小学生男子は、大きな木綿の風呂敷を服の上に巻きつけて、野原の羊飼に扮した。赤い電球に綿をかぶせた焚火をかこんで、羊飼が居眠っているところへ、聖歌隊用の大人の白いガウンをひきずった女の子たちの天使があらわれ、読本を読むように声をそろえて唱える。

「いと高きところには栄光、神にあれ。

地には平和、主のよろこび給う人にあれ」
驚いて目をさました羊飼に、今夜ベツレヘムの馬小屋に救い主が生れたと教えて天使たちは消え、ではこれからおがみに行こう、
「そうしよう。そうしよう」
と、私たちも立ち上った。あとは馬小屋の場面で、人形を抱いたマリアの前に、羊飼と三人の博士が一人ずつ交替に土下座しておしまいだった。私にとって、クリスマスは、それ以上でも以下でもなかった。
ところが、牧師の手になる週報の文章を、また要約すれば、
平和――人間が神と和解すること
罪――人間が神と敵対している状態
そこでクリスマスとは、神の方からその子を送って和解の手をさしのべてくれた業《わざ》、ということになる。
五十年間、教会と御無沙汰している間に、だいぶ様子が変ってきたらしい。

ここに書かれた言葉は、既に同じユズル牧師の口から繰返し聞いている筈なのに、読み辿る間は理解できたようでいて、目を離したとたんに消えて忘れてしまいそうな性質があった。しかし、もしかしたら元気の素は、実はこの辺りにひそんでいるのかも知れない。

昔はキリスト教で罪というのは、煙草、酒、好色、この三本建てだと私などは思っていた。もっとも、試験の成績が悪くて親が呼び出されても、学校帰りにアイスキャンデー屋に立寄ったのがばれても、母親は「クリスチャンのくせに」と、キリスト教の名に於て私を裁いた。私の家では買い食いも、不勉強も、すべてキリスト教の「罪」だった。母の叱り方が暗く厳しいせいもあって、私は家の宗教が仏教だったらどんなに心安らかだろうかと、詮方ない空想をしたほどである。しかし、その私が、一歩教会の中に入ると、たちまち裁き手の方に回ってしまうのだ。酒気を帯びて教会へ来る者はさすがにいなかったが、中学生になると煙草の匂いを漂わせる者も出てきた。今の教会からはとうてい想像できないが、当時のプロテスタント教会は、まるで禁酒禁煙のシンボルのように人からも思われ、自らもそう任じていた。何しろ煙草の匂いのない所だから、吸う人間は入って来ただけで分ってしまう。私はふだん学校では、制服から煙草の匂いを漂わせるような、ひとかどの不良になって顔を利かせたい、などとひそかに願いながら、日曜学校に通ってくる友人のズボンのポケットあたりから、股ぐらにぬくめられた煙草の匂いが立昇るのを嗅ぎ取ると、「君までもか」と、ひどい失望の衝撃を受けた。

　また、同じように、ふだんは異性の肉体に対する異常な好奇心を人一倍もてあましている私が、そこが教会の中だと、陽気な友人が親指の先を人さし指と中指の間から突き出して性器の符牒を誇示したり、また同じ日曜学校の女学生の胸の大きさを品定めしだした時に、極めて不快な気分を抑えきれなくなるのだった。

　自分を棚に上げる矛盾に気づかないわけではなかったが、教会に入ると突然、いやおうなしに自分を母親のような暗い裁き人に変えてしまう力が働いて、そこから自由になることができないのだった。母親にキリストの名に於て叱られて、この世がいやになるのと同じく、いわれなく人を裁いてしまう自分のなかの暗い力も、私を奈落に落ちこませた。

つい自分の愚痴に力が入ってしまった。しかし私だけではなく、過去の日本のキリスト教徒の心の奥深くまで、たとえば煙草の匂いが魔女狩りの検知器として入りこんでいて、ほしいままに主人を操って跳梁をきわめたことは、書きとめておきたい。私の従兄の一人が戦後に教会を離れたのも、その教会の長老である人間が、当時はいつも石炭で湯を沸かしていて釜に火種のある小使室へ入って来ては、人目につかぬよう物蔭にしゃがみ、火挟みで燠をつかんで「すっぱ、すっぱ」と音を立てて、短い煙草をせわしく吸って行く姿を何度か目撃したのが引金になったらしい。彼の妻の話では、そんな時、家に帰って、

「教会は汚い」

と、声をふるわせていたそうだ。

私は冗談を書いているわけではない。同じ戦後だが、もう昭和三十年に近い頃、

私の家で教会の緊急役員会が開かれた。そこで議題になったのは、喫煙の常習者だと分った附属幼稚園の保姆を解任するか、どうかということだった。部屋の隅の火の気の落ちたストーブの周りに十人足らずの人が集り、その中に私の母親もいた。低い声でいつまでも真剣に討議を続けていた人々の姿を、今でも冷えこんだ暗さと一緒に思い出す。

この種の裁きが、裁かれる者と一緒に、裁き手の心も萎えさせ、暗がりに引き落すことは、今見てきた通りで、ユズル牧師が教会に通い始めた昭和二十八年、神学校に入った昭和三十年頃の日本のプロテスタント教会と信徒は、なおこのようにいやおうなく自他を縛る裁きの倫理を持ち越していた。

ユズルが入学したのは、農村専門の伝道者を養成する、全寮制の小さな神学校だった。同じ高校の聖書研究会に、同じ時、もう一人牧師を志した優等生がいた。

ユズルが絶えず「煽られた」と感じていたのは、この友人の存在に、であろう。彼は伝統と権威のある東京神学大学に入った。

ユズルの入った学校は歴史も浅く、毎日午前中が学科、午後は苦手の農耕、牧畜、園芸などの実習だった。学生は全部合わせて二十人余り、それも一度会社勤めをしたような年配の人が多かった。ユズルのことを「坊や」と呼ぶ年上の同級生とは話も合わず、クラスでは孤立していた。これは二年後輩の、ユズルと短歌を通じて親しくなった牧師の観察による。

この後輩の牧師が入学した時、既にユズルは煙草を吸っていた。吸いだした動機は、本人の話では狭い小さな学校で刺激がなく、二年も同じ顔ばかり見てすごすと飽きちゃって、ということだが、まだ他にも鬱屈した思いが重なっていたのだろう。入学・入寮にあたっては、全員禁酒禁煙の誓約をさせられている。神学生といえども規則違反を粋がる面もあって、最初は反抗的に吸いだしたらしい。

つい一カ月前、もはや農村とは言えない小都市の、コンクリート打ちはなしの新しい教会堂で活躍している後輩牧師が、私に逢って当時の話をしてくれた。後輩から見た先輩ユズル学生の第一印象は、「小柄で不器用」だった。セルフサービスの寮の食堂で、派手な音を立てて食器を割るのは、大ていユズルだった。ある日、後輩宛てに短歌の同人誌が来ているのをユズルがみつけたところから、二人は話し合うようになったが、この上級生の部屋へ遊びに行くと、いきなり煙草の匂いがした。他にも吸っている上級生がいないわけではなかったが、彼らのようにうまく隠せばいいのに、ユズルは灰をむやみにこぼすし、机や床や布団に幾つも焼け焦げを作っているしで、やっていることが一目瞭然であった。

しかし、その不器用な先輩から、後輩牧師は、学校の講義風の神学ではなく、農作業中の議論で鍛えられた、生きた神学思想の伝授を受けて、圧倒されたという。

午後の農業実習は、学年を越えて合同で行われたが、ある午後、畝作りをしながら、いきなりユズルに、

「聖書に何が書いてあるんだ！」

と問われたことがある。叱られているようで、恐る恐る後輩は、

「神さまのことでしょう」

と答えた。まだ後輩牧師が入学したばかりの頃だ。小さい先輩は赧ら顔を不機嫌にふくらませて、

「聖書に神さまのことなんか書いてあるか」

と吐き棄てた。意味が分らず黙っていたら、究極はイエス・キリストが書かれてあるんだ、これ知らなきゃ話にならんよ、と言って、それきり鍬をかついで向うへ行ってしまった。やがてもう一筋、さんざんゆがんだ畝を向う側から作ってきて、こんど出逢った時に、

「ではキリストは何をしたか！」

と問いかけてきた。黙っていたら、すぐに自問を自答して、

「解放したんだ。自由をくれたんだ」

と言った。言外に、おれは神学校の固いばかりの神学にさからっているんだ、という気持の張りがあった。

解放される、或いは自由を与えられるとは、自分という人間の存在が、キリストを通して受容されていることだ、とユズル先輩は補足した。キリストの「十字架の死」は、神さまがこういうとんでもない人間を受けいれて下さるための業《わざ》であった、と考えた方がいい。それゆえ、我々が一方的に神から受けいれられていることを伝えるのが宣教である。その逆に、「こうしなければ受けいれられない」と、「しなければ」を強調するのは、断じて宣教ではない。……

ここまで聞いた話だけでは、私にはまだよく理解できないが、回想のなかのユズル神学生が、いやに陽気なのが意外だった。

「その考えもバルトの神学に基づくのですか」

と訊ねてみた。あの当時、昭和三十年前後の日本のプロテスタントの神学は、カール・バルトの全盛時代だったと、ユズル牧師から聞いていたからである。後輩の牧師は、黙ってうなずいた。

バルトの名前だけは、「危機神学」という言葉と共に戦争中、中学生だった時から聞いていている。しかし、とても人を明るくさせる人間だとは思われなかった。一度写真をみた覚えがあるが、前額部が秀でてつめたく、横に張った唇と下顎が発達して、ふちの厚い眼鏡の奥には、許せぬ相手を徹底的に否定しつくさずにはおかぬ、しぶとい頭脳がつまっている気がした。この人は「否《ナイン》！」という物凄い題名の論文を書いて、かつての盟友の生ぬるい態度を批判し去ったというが、いかにもあの顔の男がやりそうなことだ。部厚い、難解な彼の著書を本棚に一列に並べて行くと、何メートルかに及ぶ、というのも可愛げがない。

全くふしぎなことに、このつめたい男の考えが、どうもユズル牧師の元気と密接につながっているらしいのだ。一度、後輩牧師の伝言と消息をつたえる電話のついでに、ユズル牧師に直接、バルトと元気の関係を訊ねてみた。牧師の返事は、

「バルトに明るさがあるかなあ……」

であった。

「でも、もしあるとするならば、本当の救いの前には、人間の信心や、自然の中に造物主を感じる心、といったものは一切無意味だと否定しちゃって、聖書以外に神の啓示はないんだと断じた、徹底性かなあ」

「自然を讃えちゃ駄目だとなると、短歌も書けなくなりませんか」

と私が訊ねた。

「そうなんだ。だから、その頃しばらく歌は書いていません」

話がそれてしまったので、牧師は、この次の機会までに、もう一度バルトの考えを分り易く伝えられるように考えてみてあげる、と言った。

約束の日に伝道所へ電話をかけると、こんな風に、たとえ話をしてくれた。

わたしが水の中でアップアップもがいていると、だれかが飛びこんで救ってくれた。事実は、

「私が溺れている時に、だれそれに救われた」

のではあるが、問題は、

「私が大声で叫んだから、救われたのだ」

という理屈も成り立つことだ。

イギリスやアメリカの新しいプロテスタントの信仰には、こっちが叫んだから救われたという考えが、少からずある、と牧師は補足した。ところで、明治のキリスト教伝来は、主にアメリカ、イギリス経由だから、戦前の日本のクリスチャンは、その影響を受けいれて、「こうしなければならない」「こうしてはならない」ことに、力点を置く傾向が強かった。そうするとどうしても、人間の行いを律することが信仰になっちゃう。

そういうものの解放として、――間違っているかも知れませんが、わたしはわたしなりに、バルトを受けいれたのではないかと思っています、と何だか改まってユズル牧師は言った。更に、「これは私の先生がよく使った譬えですが」と断って、もう一つ、たとえ話をしてくれた。

やっと歩き始めた赤ちゃんが、母親と手をつないで散歩に出た。

この時手のつなぎ方に二通りある。赤ちゃんの方が、母親の手を固く握っている場合は、転ぶと手を離してしまう。

逆に、お母さんが赤ちゃんの手をやわらかく握っている場合は、赤ちゃんが倒れそうになると、きつく握り直して引き上げてくれる。

ゆえに、「私が神さまにおすがりする」と思うのは、いかにも不確実だ。確かなのは、「神さまが手を引いてくれること」の方だ。

ユズル牧師は神学校に入って二年目に、二人の先輩と半年かけて、バルトの『教義学要綱』を読んだという。あれほど一冊の本を読んだ――本に読まされたことはなかった。三百ページの本を表紙がとれるまで徹底的に読んだ結果、初めて分ったのがこういうことだった。今は敬虔な生活や祈りが不必要だと思っているわけではないが、あの時は、「ねばならぬ」と自他を縛りつける暗い教会の雰囲気から、百八十度転回して光の中に解放された。電話の向うでユズル牧師がそう言った。

後輩を実習の畠でつかまえて、「キリストは何をしたか」と訊ね、相手の答えも待たずに、

「解放したんだ。自由をくれたんだ」

と力強くユズル青年が叫んだのは、まさにこの頃だったに違いない。「元気の素」は、どうやら、こんなところにひそんでいたらしい。忘れていたが、バルトも煙草をのむ。パイプをくわえた、有名な写真があるそうだ。

意気上ったユズルは、三年生の春から、のちに共産党に入党して有名になった牧師の教会へ、学校の目を盗んで通いだした。その人が戦前からのバルトの研究家で、またその神学の実践者でもあったからだ。人間はくらやみに立って、神の方から照らされて初めて救われる、と説くバルト学者の教会らしく、ここでは「いのり」のたぐいは一切しない。讃美歌も、歌詞に含まれる自然礼讃や人間的な情緒が好ましくないから、これも廃止していた。日曜礼拝は、いきなり説教で始まり、説教で終った。講演会のようなものであった。

だが、こうして意気天を衝き始めたユズルが、忽ち地に引きずりおろされる事件が、一年後に起きた。表向きはユズルの飲酒喫煙が発覚したからだが、学校が危険人物視している牧師の教会に通っていることも、当局の心証を悪くした。隠しごとの特別に下手なユズルが、何事も筒抜けのキリスト教の狭い世界のなかで、秘密を隠しおおせられると思っていたとすれば、かなり楽天的にすぎたといえよう。一たん退学処分を申し渡されたが、一部の先生のとりなしで、伊豆大島の牧師に身柄を預けられた。「乱れた生活」を建て直すためである。当時子供を二人失くしながら島の伝道に身を挺している牧師のもとから、五月半ば、ユズルは飛行場わきの開拓地で酪農を営む、字義通りのピューリタンの信者の家に預けられた。そこには、これまで利根川べりのわが家の農作業を辛がったことが夢のように思われるほどの、きびしい日常があった。不器用な食客にも精一杯働いてもらわなければ生きて行けないほど、その頃その土地でのくらしはきつかった。牧師が発行する「黒潮」という伝道新聞に、この家の当主が島の酪農の苦しさを語っている同時代の記事がある。

「私達が赤字にならないでともかくやってゆけるのは、朝暗いうちから夜も遅くまで働くからです。普通の人のような労働時間で百姓は生活できません。私の所では堆肥を作るための草刈りと、追肥にアンモニアでなく、小便を丹念にやるようにしているので、その手間――労働時間が大きいのです」

きびしい日課に追われる上に、初めのうちは家族とごろ寝で、極端に燃料を倹約したぬるいしまい風呂に入り、食事も質素だが、本を読む場所も時間もないのが何より辛かった。ごくたまの家庭礼拝だけが息抜きになる程度だ。もとよりこの家族誰もが、同じ辛さのなかに生きているのだが、二十二歳のユズルはまるでロシアの農奴になった気持だった。煙草も我慢できなくて、道まで出て吸った。そんな時に限って、自転車で伝道新聞を配達している牧師と出逢った。


たえると言う事を心に決めしより日々の歩みの確かさを持つ

こんな短歌が大島から、神学校の後輩のもとに届いた。しかし短歌の決意とは裏腹に、九月に入ると、「もう牧師になるのをやめます」と挨拶を残して、ユズルはわが家に逃げ帰った。


武骨な弟子のペテロでも、イエスが捕まった晩は、祭司長の邸へ様子を見に行って、女中から一味の者ではないかと怪しまれると、

「その人を知らず」

と三度まで否定した。三度目に鶏が鳴いて、ペテロは「にわとり鳴く前に、なんじ三度《みたび》われを否まん」と言われたイエスの言葉を思い出して、激しく泣いた。泣いて反省したかというと、そうでもなく、それきり逃げだして身をくらませ、イエスの処刑の日も姿を現さなかった。

だが、ペテロと同じように、神さまは逃げ出した赤ん坊の手を離してはくれなかった。ユズルは翌年春から復学を許され、教会での一年間の実習を含めて、あと二年神学校へ通って卒業することができた。ところが就職で、またつまずいた。同級生は早くから就任先が決ったのに、ユズルひとりが売れ残った。牧師の卵の若い伝道師の就職は、既婚者か、婚約者のある人間の方が、あとで問題が起らなくて好まれた。だがユズル神学生には、その気配は全くなかった。その上、求人側の教会に、在学中の実態も露われない筈はなく、これでは二の足を踏むのが当然だが、その分だけまたユズルは傷ついた。

最後に、ユズルが高校時代に通っていた地元の母教会が「副牧師」として引き取ってくれたが、必ずしも人材を望まれて、というわけではなかった。あとで触れるが、ここには人物が揃っていて、副牧師のすることがない。

実はここは教会というよりは、綜合福祉施設であって、敷地の入口に精神的な拠り所に建てられたのが教会堂なのだ。むしろこの小世界の中心人物は、創始者のドイツ婦人であった。ドイツの女史は本来幼児教育の専門家だが、幼くして母を亡くした人だった。更に第一次大戦で婚約者を亡くして、大正十一年、二十四歳で日本へ来た。先ず赴任先東京向島の教会で大震災に遭い、牧師を助けて罹災者救済に身を挺した。第二次大戦の空襲で、唯一の母の写真を焼いて悲しんだ女史は、戦後、戦災孤児の群にむしゃぶりつかれ、昼食の黒パンを持って行かれたことがあったのを機に、「ああした戦災孤児を集めて、その母にならなきゃいけない」と決意した（高見澤潤子「おさなごとともに」）。たまたま、知合いの信徒に、この利根川べりの町の工場経営者がいて、女史に敷地の提供を申し出たことから、先ず工員寮に上野の浮浪児を住まわせ、続いて乳児院、保育所を開き、手を汚し心をいためて働いてきた。高校時代からその様子を見ているから、さすがの倫理ぎらいのユズルも、この女史の無私の行為が、すべてキリストの教えに発することを、尊敬して認めざるを得なかった。

こうして昭和三十年代半ばから四十年代半ばまで、ユズルは施設の元工員寮に住み、高校時代から指導を受けた明治生れの正牧師のもとで働くことになった。この期間に結婚し、また父を亡くしてもいる。だが本人の言葉によれば、最後の一年間を除いては、全くなすところがなかった。僅かに、自分のかつて属した母校の聖書研究会を指導して、高校生と交わることで「解放された」という。

その頃の高校生の一人、ユズル牧師の指導を受けた四十すぎの演出家が、当時の牧師の様子を語ってくれた。彼が演出するのは倉庫やガレージで演じられる前衛的なものらしく、それもごくたまにしかやらないから、私はもとよりユズル牧師もまだ実際に見ていない。

「ぼくにとって何だったんだろう? 師らしくはないけれど、やはり影響力のあった人だと思う。高校の聖書研究会は、公立だから学校の正式なクラブとしては認められていない。校内では集会ができないから、土曜日の放課後教会へ集った。教会側からすれば、信者をふやす手段とみていたかも知れないが、こっちはそんな気もない。大体ユズルさんが、洗礼を受けろとは一度も言わなかった。だからフリーな立場で話ができた。文化的な雰囲気がない町だから、ユズルさんという人がいたのは刺激になった。

聖書研究も、神学的にやるのではなく、ドストエフスキー、カフカ、キェルケゴールらの作家をひっぱりだしての話。ユズルさんは文学論とも宗教論ともつかぬ熱を吹いてたし、こちらの青い議論にもよく乗ってくれた。こんな話をする雰囲気はユズルさんのいる教会の他になく、生意気な高校生には魅力ある集りだった。八つか九つか年上のあの人を、『先生』と言ったり『ユズルさん』と呼んだりして」

先に述べた通り福祉施設の雑居地と言った方がふさわしい一画に、演出家が通って来ていた頃は戦災孤児もいなくなって、両親のない子や不幸な環境の子の寮と、養老院、託児所、幼稚園、及びそれらの職員寮が、入り組んだ敷地に不揃いに建ち、門のわきに一見石造りのふしぎな形の教会堂が控えていた。会堂正面の壁には、「静まって、わたしこそ神であることを知れ」と聖書詩篇の言葉が日本語と英語で彫ってあった。

「ドイツ女史をはじめ、牧師さん、施設の各責任者にも偉い人が揃ってた。副牧師といったって、ユズルさんにはやることが残っていない。不器用だから雑用も手伝えない。身分的にも経済的にも鬱屈してたんじゃないかな。何しろ教会の正式の仕事が、ぼくら高校生の指導だけだったみたい。元は工員の家族寮だった老朽化したバラックの、六畳一間に三畳の台所付きの部屋に、倉庫からひっぱり出した米軍野戦病院用という鉄の寝台を据えて、かなり屈折した気持の先生が、いつ行っても憮然と煙草をふかしてはむせ返っていた。むせるくらいなら吸わなきゃいいのにと思ったけど。こっちも土曜の午後の聖書クラブだけでなく、ふだんの放課後仲間とよくその部屋へ遊びに行った。あの頃モーツァルトに凝ってたみたいで、月給でレコード買ったらタバコ代なくなった、なんて言ってた。先生と同じ時期に『東神大』に進んだ秀才のクラブの先輩は、もう大学院を了えてドイツに留学していたけど、ユズル先輩の方はベニヤ板の壁のバラックに蟄居して、隣の部屋の鍼や灸をやる元女工員のお婆さんからうるさいと文句を言われては喧嘩をしていた。立場上不平不満を山ほど抱え、そういうのをまたうまく隠せない人で、すぐ顔に出して職員と喧嘩する。気持の上ではずいぶん粋がってもいるんだけど、ともかく先生は、何というか、『バッちい』からね。だから若い女の子には好かれない。一番辛い時期だったんじゃないかしら。ぼくらはずっと年下なのに、そんな先生の不器用さを、はらはらしながら見守ってた。この先生が、それこそ年に一回か二回、正牧師の都合の悪い日曜の朝に説教をする。正牧師は信仰厚く話も自信に満ち満ちてるけど、ぼくら、ユズルさんの説教が楽しみだった。肉声で語ってたというか、……特に才能に恵まれたわけでもないし、いつも迷っているままの姿と言葉だったたから。信仰上のことは分りませんが、キリストはこういう人を救うのではないかという気がぼくはしましたね」

「教会というのは、あの辺りでは町の名士みたいな人たちが行く。キリストに従って歩いた汗くさい人、病人、乞食、娼婦のたぐいじゃなく、ずっと上流が多い。

その人たちと先生とは、お互いにうまくいかなかったみたい。クリスマスにぼくが『パウロの改心』て芝居を書いて上演したこともあるけど、本当は、三度イエスを知らないと言ってから泣いたペテロが、ぼくはキリストの弟子の中では、いちばん好きになった。好きなのはユズルさんがペテロに似ているからで。弱さとか、すぐ嬉しがっちゃうようなところが、どっちも多分にあるからでしょう。よれよれの背広着て、聖書の誤読は平気。ペテロが誤読したかどうか知らないけど。怒ると顔が真赤になったし。言っちゃ何だけど、教え諭す人じゃなく、一緒になって熱くなる人だった。いつ行っても、こっちの話をまじめに聞いてくれる。洗礼受けろなんて要求しない。そんな人は世の中に他にいないから、校門を出れば直線で二百メートルの距離をかけて行ったな、嬉しくて。一時は教会の前に聖書クラブ員の自転車が三十台並んでたこともある。信仰の話もたまにはしたけど、先生が信仰を持ち出す時は、信仰は倫理じゃないとしきりに言ってたみたい。じゃあ何なんです？　と訊ねたら、存在を肯定するものとしての信仰だ、と言われて。

こっちは分らぬなりにそうか、先生はニヒリズムじゃない、肯定的な人だ、と思ったことをよく覚えています」

満たされぬ心にあれば人の非を言葉鋭く攻めたてて来ぬ

この教会にいた頃の歌だが、相手は信者か、施設の職員だろうか。こんな風に言いたいことを言いつのった時もあるし、また我慢して呑みこんだ歌もある。

地位上りたる故なるかおごり持つ君の言葉を黙し聞き来ぬ

いずれも演出家の言葉を十分に裏書きしている。演出家が高校生時代に、ずっと年下なのに「先生の不器用さを、はらはらしながら見守ってた」ことの中には、失恋事件もあったかも知れない。先に出てきた神学校の後輩牧師の記憶の中には、ある日葉書に記されてきた恋の歌があった。

首まげてあゆむくせある君ゆえに白きうなじの愛《かな》しと思う

この恋は実らなかった。相手は教会の信者か、施設の職員か。いずれ小さな社会だから人の口がうるさい。ユズルは嬉しいことも隠しておけないたちだから、好きになったら相手の気持も確かめぬうちに、こんな工合に第三者に報告したくなってしまう。どうせ内部の人にも打明けたことだろう。廻り廻って先方に伝わると、必ず女が怒る。そうなれば、先ずおしまいだ。

それに続いて、ユズルが副牧師としてただ一人、勧めて洗礼を受けさせた、親しい若い友人が、突然自殺する事件が起った。一番心を許し望みをかけていた青年を、ごく身近にいながら死なせてしまったことが辛く、何もしたくなくなって、自分も汚い寮の中でうずくまっているような日が何カ月も続いた。

ここでまた、父の時宜を得た出馬があった。話が少しさかのぼるが、神学校の四年目に飲酒喫煙のかどで処分を申し渡される直前、学校側は父兄を呼び出すことに決めた。後輩牧師によれば、田舎の家に連絡が行って、篤農家の父が一日手を休めて東京の郊外まで出てくると分った前日の、ユズルの落ちこみ方はひどかった。それまでは、一歩もひるまず、「罪は倫理にではなく、存在感の欠除にこそあるんだ」と、強がっていたユズルが、父まで巻きこんだと知って、とたんに、目に見えるほど、元気が萎えて行った。

ところが、翌日、後輩がユズルに出逢うと、実にさっぱりした顔をしている。お父さんに逢ったのかと聞くと、

「ちょっと話したら、分ったと言ってくれた」

と、まだ渦中にある筈のユズルが、万事解決して、安堵がこちらへこぼれ落ちてくるような笑顔で答えた。そのあとに処分が決ったところをみると、ユズルの父が、学校が気に入るような風に言ったり、謝ったりした筈がないことも分る。

こんどの場合は、すぐ近くに実家があるのにほとんど寄りつかない次男の身の上を、まるでお見通しのように、父が見合を勧めに来た。写真を示して、教会へ行っている人だそうだから、一度逢ってはどうかと言うのである。ふだんは知らぬ顔をしていながら、若い主人公の命がいよいよ危いとなると不意に修羅場に現れて、頼もしい助っ人ぶりを発揮する、渋い老ガンマンのようなものである。

ユズルは二言なく見合を承諾した。しかも、当日はこの父に付添われて、電車を乗り継いで相手の家に赴いている。娘は色の白い、口数の少いひとで、女きょうだいが多いから、ひとりだけずっと家にいて、家事、洋裁、編物をしている、ということだった。そういう話は先方の母親と、ユズルの父との間に交され、ユズルは黙って煙草ばかりふかしていた。昼食をごちそうになり、帰りがけ玄関先で偶然二人が並んだら、背丈の工合は丁度よさそうだった。

帰りの電車に並んで腰かけると、それまで黙っていた父が、

「いいじゃないか、おとなしそうで」

と言った。

「ぼくもいいと思う」

とユズルが言った。それで決った。先方は副牧師の生活について、立入ったことは何も訊ねてこなかった。

結婚式は、ユズル副牧師のつとめる教会で、披露宴は、天井の低い施設の幼稚園の古い教室を二つつなぎ、幼児用の低い机を並べて行われた。お茶とお菓子が出た。これは当時関西の漁村の任地から、はるばる利根川べりの町まで出て来た後輩牧師の回想による。

披露宴のプログラムの終りに、珍しく花聟自身の挨拶があった。緊張した時の彼の癖で、目を半分閉じるようにして、熱くなっている首を時々かしげながらの話に、こんな断片があった。

「父は百姓で、世の中に残すようなことは何一つできないが、歌一筋に生きている」

「一銭にもならないものに命をかけることを、私は父親から学びました」

「自分の伝道の生涯も、一文にもならないものだ。故に、親父の教えにならって、静かに生きて行きたい」

後輩牧師がその話に感動したのは、一つには初めて逢った父親の印象が、息子の言葉を十分に証明して余りがあったからだったが、もう一つには、

ドストエフスキーもリルケも読まず泥くさき歌詠む父と蔑《な》みし時あり

と、のちに自ら痛みをもって詠んだような、「無学な父」をことさら軽視したユズルの神学校時代の、若く青かった言動を、後輩牧師はまざまざと覚えていたからである。ご当人はごま塩の坊主頭のいかにも朴訥な感じなのだが、その内実はユズル先輩より遥かに大きく見えた。

挨拶に出てきた「静かに生きて行きたい」の原典は、教会の表の壁に彫られた

詩篇の聖句であろう。この年、父ハジメは六十一歳、百姓の傍ら、新しくできた地区の公民館長もつとめていた。

——結婚生活が始まると、今までの副牧師の給料では、暮しがまかなえないことが分った。夫人の方では、上の学校まで出ている人の月給が、そんなに安いとは想像もしていなかったらしい。そこで夫人は日に三回、寮の賄《まかない》の手伝いに出て、僅かな手当を貰えるようになった。朝食は五時半に出かけて八時過ぎに戻る。ユズルがまだ眠っていると夫人は怒った。

そんな日々を一年、二年と重ねる中で、一つ変化が起きた。正牧師の都合の悪い日に、ごくたまに代って話すユズル副牧師の説教を、聖書研究会の高校生以外にも、評価する人が出てきたのだ。その一人は、施設の責任者のドイツ女史だ。この人がユズルが話す日は、教会の最前列のベンチでノートを取るようになった。

「ユズル先生ノ説教ハ勉強ニナリマス。新シイモノヲ入レヨウトスル姿勢ガアリマス」

これまで、行き会えば人なつっこい笑いで迎えてはくれたが、打ちとけて話すことのなかった人が、そんなことを言ってくれた。

次に、何人かの大人の信徒が聖書研究の小グループを作って、ユズル副牧師を講師に、月一回ていどの集りをしようと言いだした。最初の集りの日も決めて、気持が盛り上った矢先に、父ハジメが胃癌で入院した。手術の結果、手遅れと分り、一たん退院して一カ月後に自宅で亡くなった。入院中も、退院してからも短歌を書き続け、死の十日前に筆を絶った。その日の歌。

往き歩み便所帰りは這ひ戻り布団かけられ一気に咽ぶ

日延べになった聖書研究会は、父の死後八日目に、第一回の集りをした。幸い、その会合に自宅の離れを提供したレコード店主の夫人に逢って、当日書き取ったノートを見せて貰うことができた。

講話は、例の教会堂の壁の聖句の解説から始まっていた。英文では、

BE STILL AND KNOW THAT I AM GOD

これは紀元前八世紀、エルサレムの危機に際して発せられた預言者の警告で、宗教改革者マルチン・ルーテルの有名な讃美歌「神はわがやぐら」の原典となった詩篇の一節となっている。その詩には、「神はわれらの避け所である」という言葉が三度も出てくる、とユズル副牧師はいきなり主題を提示した。三十二歳のユズルの迸る魂の軌跡を、夫人は刻明に書き取っている。その結びの一節だけを書き写す。

「神は神にそむいていた者のために、己が独り子を下さり、愛して下さったのです。これは驚くべきことであります。

『汝ら静まりて我の神たるを知れ』

世の中にはさまざまな流行や思想があります。その中で神の言《ことば》をきく事が大切なのです。私どもの経験とか知恵とか力とかを一応すてて、心静かに神の言をき

く。――『静まりて』というのは瞑想することではありません。己が罪を悔い、新しい気持で神の御前にひざまずくことです。この時あなたは知るでしょう。イエス・キリストこそ我らの避け所である事を!!」

感嘆符を二つ打ってあるのは、ユズル副牧師が説教を終える時の鋭い切口が、既に二十年近い昔のこの頃から際立っていたこと、また写し取った人に与えた感動の強さを示すものであろう。結婚式の披露宴にユズル副牧師が、

「親父の教えにならって、静かに、静かに生きて行きたい」

といった挨拶の意味がこれで分った。

説教が始まった。

眼鏡をかけたユズル牧師は、先ほど司会者に読んでもらったルカ伝の記事は、当時の世界の情勢から述べ始めて、その大波の中にもまれる木の葉のように、若

い名もない夫婦が辛い旅を強いられた状況を示している、と言った。直線距離でも、ナザレから百キロ、大部分は草木のない沙漠の道を、身重のマリアがベツレヘムにたどりつくが、宿の客間にも泊れない。馬小屋で出産して、赤ん坊はボロとも訳される布にくるんで置かれた。見た目には、これほど哀れで、貧しい誕生風景も珍しい。

しかし、この誕生が歴史に重大な意味を持ってくると告げたのは、羊飼が聞いた天使の声だった。目で見た現象――光景の奥に隠された意味がある。そこに神さまの啓示があった。ボロの中の赤ん坊が、世界の救い主とはとても思われないが、そのサインを見て、奥にあるものを信仰をもって知ることが大事である。

……

私のぼんやりした頭で、こんな風に聞いたのだが、それと「元気」の関係はまだよく分らない。それより、若い夫婦が苦しい旅に出た、ということから、ユズル牧師が施設の副牧師から独立して、その昔三度笠の「紋次郎」が木枯を鳴らして通り過ぎたような、山峡の街道筋の教会に正牧師として赴任してからの、数年間の成り行きを思い出した。

いく曲り幾曲りしてぶな若葉大道峠きょう越えて来し

田圃と畠と雑木林の平野に生れ育ったユズル牧師が、たぶん迎えの自動車で、山道を幾つも越えて新任の教会を見に行った日の歌である。遠い山にはまだ残雪が輝いて見えたような、爽やかな気分が伝わる。

牧師を求める教会は、候補者が絞られてくると、一度その人を招いてお目見得の説教をして貰う。これを聴いた信徒の総意が、「よろしい」となれば、正式に招聘状が発せられる。牧師の側にも、その時の教会の印象次第で、就任を断る権利はある。

ところが数日後、いきなり自信をへし折るような返事が来た。

思わざる事態告げいる一通の手紙を読めりふるえながらに

先方の教会の人々が懸念しているのは、少くとも文面から見ると、説教の言葉がはっきりせず、聞きとり難いということであった。前の施設の教会では、そんな批判は一度も受けていない。それどころか、高く評価してくれる人が何人もいた。「ふるえながらに」読んだというから、よほどの屈辱を、この時牧師は味わったに違いない。

間に立った人の、とりなしがあったようで、やがて招聘状が来て、工場の寮住いのユズル夫妻は、結婚以来五年目に、初めて独立した暮らしを始めることができた。

山と山の谷間の町に新しき業《わざ》につかんと妻と来にけり

鉄道を利用すれば日本海へ向う本線から、支線に乗り継いで山の中を約一時間、そこからまたバスで大きな坂を登りつめた高原のとば口にある町だ。こんな所にも、百年前からキリスト教の種子が蒔かれていて、祖父母の代から数えて、二代目、三代目の信徒が少くない。やっと三十三歳になったばかりの牧師にとって、親ほどの年まわりの信徒が多かった。

昭和の初めに建て直された時は、人目をひくほどハイカラだったに違いない、ペンキのはげた小さな教会堂は、この町の真中を奥地に向って走りぬける街道に戸口をあけ、百年昔、最初にこの地に教会を建てた人の広い宅地の内側に、つましく安らっていた。空っ風が吹くこの土地は、冬は底冷えがきついが、雪は積らない。

物なべて凍る夜のふけむき合いて紅茶のみおり我ら貧しく

父の死がユズルに与えた、一番大きな直接の影響は、バルトの反自然神学に遠慮して控えていた短歌を、また積極的に書き出したことだった。これらの歌はすべて、父のいた同人誌に投稿したものである。

年が明けて、二間ながら一軒建ての借家に移った。街道から枝道を奥まで入ったところに、こんにゃくを製造する大きな家があり、その裏の鉄道線路沿いに、こんにゃく屋の家作が三軒並んでいた。母屋に一番近い家を借りた。玄関と便所は線路側にあり、裏には家主の奥さんが作っている野菜と茶の畠があった。畠の下が女子高校の運動場で、背の高いポプラが突立って見えた。

家主の一家とは心易く付き合った。向うの家族にまじって、お喋りしながら「糸コン」を目方を量って袋に入れる「パックづめ」や、配達を手伝ったりした。頼まれてするのでなく、忙しそうな時に自分から進んで手伝うので楽しかった。その上、アルバイト料も貰えた。

いくばくの臨時収入あり大方は防寒用具に回して果てぬ

こんにゃく屋の老夫人から見た牧師像。

「一風変ってるから、近所では『とっつきが悪い』と言う人もいたけど、心はいい人。うちなんか親類同様のつきあいでした」

ここの家族は教会とは全く関係がない。

「町の役付とか、衛生班長など、順番が廻ってくると気持よく受けてくれました」

前の畠にほうれん草を蒔きませんかと勧めたら、畝の高い所にまいた。

「そんな所にまいたら凍ってしまってだめだ、先生農家の生れなのに、と言ったら赤い顔して、百姓嫌いだから一所けんめい本読んで勉強してるんだよ、と笑ってました」

歌ができると、夫人もたしなむ方だから、縁側から声をかけて、

「いいのができたよ」
と見せてくれたという。

花時期になりて気づけりこの谷の町に意外と梅の木多し

線路は単線で、上り下りを合わせて一時間に一本ほどの割合いで列車が走り過ぎる。通った方が却ってわびしくなるような支線である。

終電車家ゆるがせて過ぎ行きぬ事無く果てしその日がむなし

線路の向うは一面の畠の闇、その向うが山。終電車が通過すると何の音も聞こえなくなる。実はこの頃教会では、最初から底流としてあった牧師に対する不満の声が、次第に顕在化し始めていた。

つきつめて思えば象《かたち》なきものを纏わるごとくある挫折感

一年、一年、信徒との溝が深まったと、ユズル牧師はのちに「辺境通信」という伝道同人誌に寄稿している。

「私たち夫婦にとってこの教会にある事は、舅、姑に仕える様なものであった」

牧師夫人がずいぶん苦労性で、何事も人一倍気に病むたちであるのに較べて、ユズル牧師は傷つき易い魂を持ちながら生れつき楽天的な一面があり、人とのつきあいに言外の内心を憶測するようなことはしないし、できもしない。そういうところがまた人の目には無神経に映ったのかも知れないが、

「その内に私より家内が病む身となった。物が食べられなくなり、しだいに身がほそって行った」

二度目の春を迎える頃から、夫人は実家に養生に戻ることが珍しくなくなった。

一度戻ると一カ月は帰って来ない。そんな折りの独りの歌。

妻病めば心閉しぬ夕暮るる桜並木をうつむきて行く

実際の生活が辛く悲しいほど、選者からほめられる作品が多くなり、この年歌誌の「準同人」に推薦された。

雨しげく降る夜病める妻を連れ見知らぬ医者をたずねて行きぬ

投稿を始めて満二年だから破格の早さだったが、夏を越えて生活の危機も切迫した。

二ヶ月も病名わからぬままに病む妻のかたえに夜半坐りおり

しまいに心因性の内臓疾患と診断された。たとえ何事もなくても、生活の苦労に加えて、牧師の奥さんという役割は人々の監視の的で気苦労が絶えないのだ。冬の前触れの木枯が吹き始めた頃、ついに夫人は入院した。危機の到来だ。ところが、このあたりがユズル牧師の真骨頂だとあとで気づくのだが、病む妻に頼まれておどおど花柄のパジャマと下着を買いに行く「妻入院」の連作のすぐあとに、（ユズル牧師から見せて貰った短歌誌のコピーによれば）まるで夜の底が暁につながるように、

昨夕作りしカレー暖め夕餉しぬ妻出産に実家に行きて

と、思い切って華やいだ歌が来る。目をみはってページを繰ると、

英語習いに来し二人の中学生乙女の香り残して行きぬ

そして次の、名歌と讃えたくなる一首が続いている。

野に山に木木芽吹く頃生れ来る吾子女児なれば萌子と名付けん

もしかしたら妻の入院と出産の間に、まる一年間の時の経過があったのかも知れない。しかし今泣いた鴉がもう笑ったように並べられたお蔭で、近より難い感のあった牧師の情念の内側に、割合い気易くもぐりこませてもらえたような気がした。

「あの先生もそそいとこがあってね」

短歌好きのこんにゃく屋の老夫人が話していたのを思い出した。

「電車に上衣忘れて、駅へ電話したらあったよなんて、そんなこともしょっちゅうでしたね。何せ聖人むいて、浮世ばなれしてたからね」

そして字が下手だったことから、赤ん坊が生れた時の話になった。

「赤ちゃんが男だったのに、女の名前しか考えてなかった。そんなこと言っちゃ何だけど、タカシって名前を部屋の中から見える丘と山をつなげて考えついてね、『やった！』と半紙に書いて飛んできたのが、あんまり上手じゃなかったです。あれから手習いを始めたっていうけど」

赤ん坊がいい子で、「先生」は一所けんめい乳母車に乗せて歩いた。

「こちらも世話焼きだもんで、奥さんがおとなしいから言葉が遅いんじゃないかと心配してました」

乳母車押し行く道のかたわらにざくろの木あり朱き花咲く

このまま喜ばしい日が続いてほしいとひとごとならず思うのに、就任満六年になる翌年の六月、思いがけず教会の「総会」の席で、一刻な老人の信徒から牧師は痛烈な非難を受けた。総会は一年間の伝道活動と会計の報告、承認。役員改選。予算案の承認などを行う。牧師は議長を務める場合が多い。「闇」という七首の連作から、この日の経過が推察できる。

ののしるごと我を批判する人の言葉議長の席におりて聞き居ぬ
昼我をののしり行きしかの人も今宵は闇に目覚めおらんか
人憎む心は我より除き給えと闇の中にて祈りておりぬ
いねがたき夜ふけを一人起き出でてタバコ飲みおり胡座をかきて
夜のふけに一人胡座をかきて居ぬ座敷横ぎるゴキブリ一つ
一夜さを眠らず過ごせし我の目に眩しかりけり若葉に差す光
うなだれて座り居る時寄り来たる幼《おさなご》を抱けば伝わる温み

意外なことに、非難はキリスト教信仰の尺度から下された。真面目で燃える信仰を持った老人がいきなり立って、六年間二十人前後の信徒が少しもふえない、と怒りだした。それは牧師の召命感が足りないからであり、命を賭して伝道する気慨に欠けるからだ。信徒がふえないから献金も集らない、と露骨なことまで言った。この時は、別の老人が間に立って座をおさめたが、非難されっぱなしの牧師はその昼、腹立ちまぎれに飯を茶碗に六杯も食べて夫人を呆れさせた。

熟れ麦の畑の草道ふみて行く伝道文書をカバンにつめて

総会の事件の結果、こういう仕事をせざるを得なくなった。人から強制されてするから、よけい嫌で気が重い。しかし出かけてしまえば、山歩きは悪くはなかった。どの家も案外抵抗なく迎えて、ごくろうさんと言う人が多かった。ただし、それを読んで教会へ来た人はいない。

心なえる日に顕《た》ち来るはふるさとの家のけやきの若葉のそよぎ

年が明けた途端に、また辛いことが起こった。かつて施設の教会で恩を受けたドイツ女史が二日の晩心臓発作で急逝した。例年正月の三日頃には実家と母教会のある町へ戻るユズル牧師が、この正月は遺体と教会で対面した。その時、女史に育てられた婦人から、小さなお年玉袋を手渡された。女史のカバンの中から、例年通り何枚かの千円札をこまかく折り畳んで入れてユズル牧師の名前を書いた袋が出てきたのだった。

「導きの師よ、我が祈りの母よ」と呼びかける歌をはじめとして、牧師は実に三カ月にわたって歌誌の同人欄に、女史を悼む歌を書き続けている。

お年玉用意して我を待ちしとう師はカトレヤの花に埋れて眠る（一月）

木枯しが鳴らすは草木のみならず師を失くしたる我が胸内も（二月）

逝きし師の写真を棚に立て置きぬ我の机を見下ろす位置に（三月）

数年前に父を亡くし、また女史を亡くしたことで、「私の人生で出会った大きな存在が全て失われた」と、牧師は前述の簡潔な回想記に書いている。それでも元気をふるい起こして古い会堂の壁を塗り直したり、大柄の女史が眼鏡ごしに見下ろす机で、あらためてギリシャ語聖書をひもとき、難解なパウロ書簡と取り組み始めたりした。

こんにゃく屋の奥さんの友人に一人だけ教会員である夫人がいて、この夫人は当時のユズル牧師を、面白い先生で牧師さんというタイプではなかった、と評している。コーヒーが好きで、煙草が好きで、その頃街道で食堂をひらいていた夫人の店へ煙草を買いに来ては、ついでにコーヒーも売れよ、と勧めたりする。それでいて、

「お説教がとてもお上手でした。聖書がよく分るようになりました。心打たれる説教をなさるので、だんだん教会へ出る回数も多くなりまして」

というような一面がある。また教会の役員方も精神的物質的に「先生にずいぶんおつとめしたというお話でした」とも聞いた。

しかしそれにも拘らず突然結末が来た。恐らくドイツ女史の死の翌年、即ち山峡の教会への就任満八周年が来る頃。——

鬼の面つけたる老人四人来て我に罷めよと連判状出す
憎しみは小石となりて我が裡の深き所にとどまりており
我が裡の深き所にとどまりし憎しみの小石いつの日溶けん

やめよという理由は、二年前の総会で叱られた時と同じであった。年月が経っても一向に変らないではないか、ということだった。こんどは間に立ってくれる人もなく、勧告に従って辞職して、一カ月間教会にも行かないで、こんにゃく屋の家作にぶらぶらしていた。

その間にまた斡旋してくれる先輩がいて、更に山奥の、分水嶺を越えて日本海側に傾いた高原にある一層小さな伝道所へ、例によってお目見得説教におもむいた。前任者は北国生れの豪快な牧師だった。スキー・リフトの台座を夏草がおおい尽くすほど繁った草山の麓に、緑のとがったトタン屋根の教会堂、その脇に二階建の牧師館もあり、庭の白樺の葉裏が風に輝いていた。

この伝道所を開拓した初代の牧師が、先に紹介した通り、四人の子供を教会堂で育てていたが、女の子たちが大きくなってきたというので、信徒や友人が募金を始め、風呂場もついた牧師館を建てて教会に献げた。ふしぎなめぐり合せだがユズルは神学生時代、開拓伝道に身を挺している見知らぬ先輩のために、乏しい財布をはたいて、ほんの僅かながら募金に応じた思い出があった。

こちらの招聘は即決で、三人家族が荷物と一緒にトラックに乗ってまたいくつも峠を越えて引越した。ちょうど蕎麦の花が咲きだしたところだった。

平和について考えてみたい。説教が一段落したところで、牧師が言った。神の御子イエスを信ずる人には平和が与えられるといわれるが。——

ある人は言う。この平和は、波風の立たない静かな湖のようではなく、荒れ狂う嵐の中で母鳥に守られている巣の中の雛鳥のようなものだ、と。すなわち、クリスマスに御子イエスがこの世に来て下さるのを信じたら、この世の問題がなくなるのではなく、神さまが来て嵐の中に翼をひろげて守って下さる、「守られている平和」が私たちに与えられるわけです。……

ユズル牧師の説教が好評であるもう一つの要素は、非常に時間が短いことだ。今日も、これでそろそろ終りそうになってきた。

二、三日前、ユズル牧師から長い手紙が届いた。私がこれまでに調べたことのあらましを報告して、幾つかの質問を書き送った手紙への返事だった。そのあとに、こう書いてあった。

「確かに、姉があなたに申しました通りに、私は不器用と言われ、だらしないと叱られて、暗く育ちました。少年時代、青年時代、私は劣等感のかたまりのような人間でした。それが、別にグレもしなかったのは、私の意気地が無かったせいでしょうか。あるいは、私の中にある、バカみたいな楽天的なもののせいでしょうか」

しかし姉がお話しした内容を知って、「私なりにこれだけは言っておきたいと思ったから」今日ペンを取ったのだと言う。神学校に入って、バルトの『教義学要綱』一冊を熟読したことで、信仰観が百八十度変って解放されたことは、この間電話で話した通りだが、その解放に酔いすぎて、大島に行かねばならなくなったのも、ご承知の通り。だがそのあとで、ある晩、学校の祈禱会に短い話をするための準備をしていた時に、分った、もしくは出逢った、聖書の箇所がある。それはマタイ伝二五章一四節から三〇節の、たとえ話だった。

「この話の中で、旅に出かける主人が、三人の僕《しもべ》にそれぞれ能力に応じて、財産を預けたとあります。そして、五タラント預かった者、二タラント預かった者は、その分に応じて働き、生かして用い、利益を産み出して、旅から戻ってきた主人に喜ばれました。最後の一タラント預かった者は、主人の貪欲と冷酷さを恐れるあまり、働きも利益を産み出しもせず、その金をひたすら大事に土の中に埋めておいたのでした。それ故に主人に叱られ、追放されています。

この話を読んだ時、私はこの主人のやり方に不満でした。納得が行きませんでした。なぜって、――なぜ主人は能力に応じて、多く与え、少く与えるのか。これは差別ではないか。一タラントしか与えられなかった者が、働かなかったのは当然ではないか。私の中にある劣等感はそう反発しました」

わたしの人生の問題は、劣等感でしょうね、と牧師は続けていた。「劣等感」は十年近い付き合いのなかで、この日初めて使われた言葉だった。緊張して、私は続きを読んだ。ユズル牧師は、高校時代に初めて聖書のこの箇所を読んで衝撃を受け、以来、キリストの教えに接したために、却って虚無的で、不安な日々をすごす破目になってしまった、とさえ思っていた。

「ところがその晩、この物語を読み返した時、意外な読み落しをしているのに気がつきました。それは、主人が僕に、先ず財産を預けたという点です。たとえ小さなものでも、信頼され、期待されたから、預けられたわけではないか。信頼されている、という一事で、私は信仰をとりもどした気がします。その一事で、今まで読んでいた聖書を、新しい目で見ることができるようになりました。これが、私の本当の入信であり、献身の一番深い底の岩です。

と言っても、献身してから、神学校を出てからも、私の裡にある劣等感は残りました。それが、思わぬところで人間関係の破綻になりました。これを克服する事に永い年月を要しました。

しかし、あの底の岩に還って、私は、私でありたい。主から預かった小さな夕ラントを、それなりに用い、役に立ちたい。この思いで、今も生きております。以上、私の証しのようなもの、何かの役に立つことができたらと思いまして、ペンを取りました。また、直接言うのは照れるので……」

私の裡にある劣等感、という言葉を読んだ時、ユズル牧師の、身体の中に風が吹き抜けるような、爽やかな短歌を逆に連想した。

倒されて現《うつつ》にはなきけやき樹の芽ぶける枝のそよぐ吾が裡

いや、けやきの芽ぶきだけではなく、ユズル牧師が牧師として現在に至る土台の隅石に、その父の存在をも私は加えたい。ユズルの父は、子供たちを短歌の世界に連れだしたばかりでなく、自分でも気がつかないまま、ユズルをキリスト教の方に押しやり、実に独創的な理由をつけて牧師になる道を開いてやったのみならず、本職のキリストの使徒たちが何度か見限った時にも、そのつど最も強い後ろ楯となり続けて、一歩も彼を退かせなかった。そしてついに、ユズル自身も結婚式で言明した通り、伝道生活の手本にまでなってしまった。けやきと、短歌と、父と。ユズル牧師の裡から、「自然」が輝き出すのも消すわけにはいかない。――こんなことを説教の間に考えたりしては、聖書以外に存在の根拠はないと断ずるバルトから、また、

「否《ナイン》！」

と叱られるだろうか。気がつくと、もう説教のあとの祈りに入っていた。ユズル牧師は、一言一言はっきり神さまに聞き取ってもらえるように、ちょっと短い舌で、力強く区切りながら祈っていた。それも、既に頂きに達した。

「神さま。あなたの御子の、誕生を、心から、祝います。どうか私たちの、この、真中に、あなたが今日誕生して下さい」

これらの祈りを私たちの主キリストを通して御前に捧げます、という結びの慣用句に入りかけた時、いきなり地鳴りがして、床を突き上げる衝撃と共に、あた

りが暗くなった。あとで考え直して、一応そのような秩序をつけたのだが、私は突然の恐怖に、膝から下が湯に浸ったように生温くなって、頭だけ空中にとり残されて浮いたまま、これは咎めか、罰か、それとも牧師の祈りへの感応か、まさか、まさか、と繰返しながら、既にあけていた目でまわりをうかがったが、誰一人立ち上りもせず、まだ心持下げたままの頭は微動さえせず、ゆっくり、

「アーメン」

と牧師に和しただけであった。

畠側にあいた窓の外は、いつのまにか日が照っていた。スキーをはいた子供たちがいる。向うの雪山の斜面の立木の下枝あたりに、少し黒いところが残っているのが、妙にはっきり見えた。ステンド・グラスのイラストをぶらさげた窓を、前から順に確かめてくると、一番奥と、その手前の窓だけが上まで薄暗く視野がさえぎられている。屋根の雪が石油ストーブと人の熱気で、トタンを一気に滑り落ちたらしい。誰もが平気なのは、いつも説教が終るあたりが落ち頃のせいか。

司会者はさんびかの番号を、とっくに告げており、オルガンが鳴りだして、一同が立ち上った。

天なる神には　みさかえあれ
地に住む人には　安きあれと
み使こぞりて　ほむる歌は
静かにふけゆく　夜にひびけり

日曜学校時代からのなつかしい曲だが、どこか落ち着かないところがあると思ったら、三行目の歌詞がいつのまにか変えられていた。あの頃は、

「天つつかひらのきよきこゑは」

と歌ったものだ。

著作目録

『詩集　わたしの動物園』牧羊社、一九六五年
『わが町』晶文社一九六八年（講談社文庫、一九八〇年）
『国際コムプレックス旅行』学藝書林、一九六八年
『我等のブルース』三一書房、一九六九年
『ぽんこつマーチ』大日本図書、一九六九年
『なにして　あそぶ（「キンダーブック」一九六九年五月号）』フレーベル館、一九六九年
『ほらふき金さん』国土社、一九六九年（てのり文庫〔国土社〕、一九八九年）
『おんなの子』国土社、一九七二年

『ひっこし　こし（「こどものとも」一九八号）』福音館書店、一九七二年
『はしる　はしる（「学研ワールドえほん」第七号）』学習研究社、一九七二年
『うたえバンバン』音楽之友社、一九七三年
『ピンクのくじら』国土社、一九七四年
『土の器』文藝春秋、一九七五年（文春文庫、一九八四年）
『どらどらねこ』国土社、一九七五年
『ねこふんじゃった』国土社、一九七五年
『ねんねこさいさい』国土社、一九七五年
『ねこずぼん』国土社、一九七五年
『にゃんにゃんにゃん』国土社、一九七五年
『サッちゃん』国土社、一九七五年
『庄野潤三ノート』冬樹社、一九七五年
『桃次郎（戯曲集）』インタナル出版社、一九七五年

『背教』文藝春秋、一九七六年
『阪田寛夫の詩による幼児の歌　サッちゃん』音楽之友社、一九七六年
『花陵』文藝春秋、一九七七年
『詩集　サッちゃん』講談社文庫、一九七七年
『夕方のにおい』教育出版センター、一九七八年
『それぞれのマリア』講談社、一九七八年
『漕げや海尊』講談社、一九七九年
『トラジイちゃんの冒険』講談社、一九八〇年
『燭台つきのピアノ』人文書院、一九八一年
『わが小林一三　清く正しく美しく』河出書房新社、一九八三年（河出文庫、一九九一年）
『夕日がせなかをおしてくる』国土社、一九八三年
『ちさとじいたん』佑学社、一九八四年
『サンタかな　ちがうかな』童心社、一九八四年

『三びきのくま』フレーベル館、一九八五年
『まどさん』新潮社、一九八五年（ちくま文庫、一九九三年）
『戦友　歌につながる十の短篇』文藝春秋、一九八六年
『ばんがれ　まーち』理論社、一九八六年
『童謡でてこい』河出書房新社、一九八六年（河出文庫、一九九〇年）
『天山』河出書房新社、一九八八年
『てんとうむし』童話屋、一九八八年
『びりのきもち』白泉社、一九八八年
『けやきとけやこ』童心社、一九八八年
『ひかりが　いった』至光社、一九八八年
『ノンキが来た　詩人・画家　宮崎丈二』新潮社、一九八九年
『まどさんのうた』童話屋、一九八九年
『春の女王』福武書店、一九九〇年

『おばあちゃんちのおひるね』至光社、一九九〇年
『武者小路房子の場合』新潮社、一九九一年
『桃次郎』楡出版、一九九一年
『菜の花さくら』講談社、一九九二年
『おお宝塚！シャイ・ファーザー、娘を語る』文藝春秋、一九九二年（文春文庫、一九九四年）
『まどさんと　さかたさんの　ことばあそび』（共著）小峰書店、一九九二年
『イルミねこが　まよなかに（「こどものとも」四四二号）』福音館書店、一九九三年
『だくちる　だくちる』福音館書店、一九九三年
『夕日がせなかをおしてくる』岩崎書店、一九九五年
『どれみそら』河出書房新社、一九九五年
『童謡の天体』新潮社、一九九六年
『含羞詩集』河出書房新社、一九九七年
『だじゃれはだれじゃ　まどさんと　さかたさんの　ことばあそびⅡ』（共著）小

峰書店、一九九七年
『讃美歌　こころの詩』日本基督教団出版局、一九九八年
『ピーター・パン探し』講談社、一九九九年
『ほんとこうた・へんてこうた』大日本図書、一九九九年
『すき　すき　すき』理論社、一九九九年
『ひまへまごろあわせ　まどさんと　さかたさんの　ことばあそびⅢ』（共著）小峰書店、二〇〇〇年
『シンドバッドの冒険』世界文化社、二〇〇一年
『声の力』（共著）岩波書店、二〇〇二年
『あんパンのしょうめい　まどさんと　さかたさんの　ことばあそびⅣ』（共著）小峰書店、二〇〇三年
『受けたもの　伝えたもの』日本キリスト教団出版局、二〇〇三年
『カステラへらずぐち　まどさんと　さかたさんの　ことばあそびⅤ』（共著）小

峰書店、二〇〇四年
『阪田寛夫詩集』ハルキ文庫、二〇〇四年
『うるわしきあさも　阪田寛夫短篇集』講談社文芸文庫、二〇〇七年
『きつねうどん』童話屋、二〇一一年
『阪田寛夫全詩集』理論社、二〇一一年
『大阪文学名作選』（共著）講談社文芸文庫、二〇一一年
『酔っぱらい読本』（共著）講談社文芸文庫、二〇一二年
『詩の絵本　教科書にでてくる詩人たち（二）わかれのことば』岩崎書店、二〇一七年

そのほか、たくさんの合唱曲集・歌曲集がある。

初出　「新潮」一九八六年十二月号

バルトと蕎麦の花

発行日……二〇一七年三月二十二日　第一版第一刷発行
定価……［本体一、八〇〇＋消費税］円
著……阪田寛夫
発行者……西村勝佳
発行所……株式会社一麦出版社
札幌市南区北ノ沢三丁目四—一〇　〒〇〇五—〇八三二
郵便振替〇二七五〇—三—二七八〇九
電話（〇一一）五七八—五八八八　FAX（〇一一）五七八—四八八八
URL http://www.ichibaku.co.jp/
携帯サイト http://mobile.ichibaku.co.jp/
印刷……株式会社総北海
製本……石田製本株式会社
装釘……須田照生

ISBN978-4-86325-098-7 C0093